केस 100

कृष्णा अमिताभ

Copyright © Krishna Amitabh
All Rights Reserved.

This book has been published with all efforts taken to make the material error-free after the consent of the author. However, the author and the publisher do not assume and hereby disclaim any liability to any party for any loss, damage, or disruption caused by errors or omissions, whether such errors or omissions result from negligence, accident, or any other cause.

While every effort has been made to avoid any mistake or omission, this publication is being sold on the condition and understanding that neither the author nor the publishers or printers would be liable in any manner to any person by reason of any mistake or omission in this publication or for any action taken or omitted to be taken or advice rendered or accepted on the basis of this work. For any defect in printing or binding the publishers will be liable only to replace the defective copy by another copy of this work then available.

My last case

क्रम-सूची

भूमिका

This story is about a detective Raghav, who had to solve his last case but has to face many challenges to solve it. He also comes to a stage of life where he wants to end his life but after much effort he finally wins and completes his case.

यह कहानी एक जासूस राघव की है , जिसे अपना आखिरी केस सुलझाना था लेकिन उसे सुलझाने के लिए उसे कई चुनौतियों का सामना करना पड़ता है। वह जीवन के एक ऐसे चरण में भी आता है जहाँ वह अपना जीवन समाप्त करना चाहता है लेकिन बहुत प्रयास के बाद वह अंततः जीत जाता है और अपना मामला पूरा करता है।

आमुख

Raghav faces many challenges while solving his case. Read the story to know him and his case...

राघव को अपने मामले को सुलझाने के दौरान कई चुनौतियों का सामना करना पड़ता है। उन्हें और उनके मामले को जानने के लिए पढ़ें कहानी...

आमुख

1

कहानी की शुरुआत

शाम का समय था जब मुझे मेरे कार्यालय में बुलाया गया था। मैंने पहले ही 99 मामले सुलझा लिए थे और एक और मामला मेरा आखिरी होगा क्योंकि जहां मैंने एक डिटेक्टिव एजेंसी में काम किया था और उनकी एक नीति थी जिसमें 100 मामलों को सुलझाने वाले जासूस सेवानिवृत्त हो जाते थे। अभी मेरी सैलरी करीब 50 हजार थी लेकिन रिटायर होने के बाद 25 हजार होगी। इसलिए, मैं दुखी भी था और खुश भी क्योंकि मेरे 100 वें केस के बाद मुझे काम नहीं करना पड़ेगा, बस मैं अपने घर पर बैठकर आनंद ले सकता था और मैं भी दुखी था क्योंकि इस मामले के बाद मैं अपनी टीम के साथ संपर्क खो दूंगा। मेरे मन में कई विचार आ रहे थे। मैं रिक्शे पर था और ड्राइवर मुझे जानता था। मुझे अक्सर देर रात को अपने ऑफिस जाना पड़ता था, इसलिए जब भी मैं चाहता था वह मुझे हमेशा मेरे ऑफिस छोड़ देता था। बस मुझे उसे फोन करना था। मेरा ऑफिस मेरे घर से करीब 46 किमी दूर था। मुझे

ऑफिस पहुंचने में लगभग 1:30 घंटे लगते थे। मैं कब भविष्य के बारे में सोचकर सो गया, मुझे भी पता नहीं चला। रिक्शा चालक ने मुझे जगाया, हम अपनी मंजिल पर पहुंच चुके थे। मैं लगभग 7:56 बजे अपने घर से निकला और जब मैंने अपनी कलाई घड़ी देखी, तो समय 9:45 बजे था। मैंने उसे 180 रुपये दिए और मैं अपने ऑफिस के अंदर चला गया। मेरा ऑफिस एक स्टोर रूम की तरह था।

फाइलें, दस्तावेज, बोर्ड जिसमें अपराधी की जानकारी थी और कुछ लोग सभी दिशाओं में थे। मैं अपने सिर डॉ. कुलदीप सिंह के पास गया, जिन्होंने मुझे बुलाया था। उसने मुझे एक फाइल दी। मैं अपने केबिन में गया और फाइल पढ़ने लगा। यह एक परिवार की हत्या का मामला था। परिवार के कुल सदस्यों की संख्या 13 थी। एक समारोह था जब हत्यारे ने सभी हत्याओं को अंजाम दिया। मामले में 6 पुरुष और 4 महिलाएं और 3 बच्चे थे। हत्यारा बहुत चालाक था। उन्होंने एक भी सबूत नहीं छोड़ा था। जिस जगह पर उन्हें मारा गया वह हर बार अलग था। जिस स्थान पर पुरुषों की हत्या की थी वह पिछवाड़ा था, जिस स्थान पर महिलाओं की हत्या की थी वह छत थी और बच्चों को उनके कमरे में मार दिया था। मेडिकल रिपोर्ट में कहा गया है कि सभी 13 शव एक साथ मारे गए। यह घटना 21 अगस्त-1999 की रात करीब 8 बजे हुई। किसी व्यक्ति के शरीर पर कोई निशान नहीं था। अभी तक यह स्पष्ट नहीं हो पाया है कि सभी की हत्या कैसे की गई।

पोस्टमैटॉम की रिपोर्ट में भी इन मौतों के बारे में कोई सुराग नहीं था। रिपोट्र्स में यह भी कहा गया है कि उस रात कोई भी घर में नहीं घुसा। सीसीटीवी फुटेज में भी हत्यारे के बारे में कोई रिकॉर्डेड जानकारी नहीं थी। रिपोट्र्स ने खुद कहा कि मामले को सुलझाने का कोई तरीका नहीं है। कई और जासूस थे जो मामले को सुलझाने में नाकाम रहे। अब मेरी बारी थी। मैंने अपनी टीम को इकट्ठा होने की सूचना दी। मेरी टीम के अधिकांश सदस्य उस शहर में नहीं थे जहां मैं रहता था। इसलिए, मेरी टीम के सदस्यों के आने के लिए कम से कम 4 दिनों की आवश्यकता थी। मेरे पास कुछ सुराग जुटाने के लिए 4 दिन थे। मुझे नहीं पता था कि यह कौन सा समय था, जब मैंने घड़ी देखी, तो 1:45 बजे थे। मैंने अपना सारा सामान और उन फाइलों को अपने बैग में पैक किया और बाहर चला गया। बारिश हो रही थी, सड़क पर कोई नहीं था। मैंने कुछ देर रिक्शा का इंतजार किया, लेकिन सड़क पर एक भी वाहन नहीं था। मैंने चलना शुरू किया । चलते समय मैं मामले के बारे में सोच रहा था।

तभी मैंने देखा कि एक लाइट मेरी ओर आ रही है, वह रिक्शा चालक सुनील था। वह मेरे पास रुक गया और बोला कि "मुझे पता था कि तुम इस समय जाओगे, इसलिए मैं यहाँ आया। और मैं सही था, तुम यहाँ हो।" मैं भी मुस्कुरा कर अंदर आ गया। मैं अभी भी उस हत्या के बारे में सोच रहा था। यह हत्या थोड़ी भ्रमित करने वाली थी। एक ही समय में 13 लोगों को कैसे मारा जा सकता है। एक से ज्यादा लोगों का कोई

विकल्प नहीं था क्योंकि जिस तरह से उनकी हत्या की गई वह हर बार बिल्कुल एक जैसा था। यह ऐसा था जैसे एक ही व्यक्ति तीन जगहों पर मौजूद था और पूरे परिवार को मार डाला।

मैं गीला था और ठंड लग रही थी। मैंने सुनील को एक चाय की दुकान पर रुकने को कहा। उन्होंने कहा कि "जिस रास्ते से हम चल रहे हैं उसका कोई चाय का स्टॉल नहीं खुला है, लेकिन हाँ एक स्टॉल है लेकिन उसका रास्ता अलग है, अगर आप वहाँ जाना चाहते हैं, तो मैं 50 रुपये अतिरिक्त ले लूँगा"। वह जानता था कि मुझे चाय की जरूरत है, इसलिए वह लगभग 50 रुपये अतिरिक्त कह रहा था लेकिन उस समय मैंने ज्यादा नहीं सोचा और उसे स्टाल पर जाने के लिए कहा। मैं फिर से मामले के बारे में सोचने लगा। मैं टेंशन में था, सुनील ने मुझसे पूछा कि मैं टेंशन में क्यों हूं। मैंने उसे सब कुछ बताया और उसकी राय पूछी। उसने मुझे जवाब दिया कि "यह उसका काम नहीं है लेकिन हाँ अगर कोई परिवार के किसी को छोड़ने आया और बच्चों को मार डाला।" लेकिन यह संभव नहीं था, मैंने जवाब दिया। मैंने कई मामले सुलझाए थे और अगर कोई दो या दो से अधिक लोग किसी को मार देंगे तो उनकी कार्यशैली में कुछ अंतर होगा। यह संभव नहीं था, मुझे पता था। हम उन हत्याओं के बारे में बात करने लगे और कुछ देर बाद हम चाय की दुकान पर पहुंच गए।

रात का समय था और चाय की दुकान के बोर्ड पर बल्ब टिमटिमा रहा था, इसलिए मैं स्पष्ट रूप से पढ़ नहीं पा रहा था, लेकिन बहुत ध्यान देने के बाद आखिरकार मैंने उसे पढ़ा और वह था "मुकेश चाय की दुकान"। वहां ज्यादा लोग नहीं थे, सिर्फ 7-8 लोग थे। हम एक मेज पर बैठ गए और हमने राजनीति और देश जैसे विषयों पर उन सामान्य छोटी-छोटी बातों को करना शुरू कर दिया। सुनील को कुछ और यात्री मिले क्योंकि स्टॉल पर लोग उसी तरफ जा रहे थे जहां हम जा रहे थे। इसलिए हमने खुद को एडजस्ट किया। मैं हमेशा रिक्शा चालकों और उनके काम करने के तरीके को देखकर चौंक जाता हूं। रिक्शा सिर्फ 5 लोगों के लिए था लेकिन उसने उन 8 लोगों को एडजस्ट कर लिया। हम और आगे बढ़े और आखिरकार मैं अपने घर पहुंच गया। मैं बहुत थक गया था और सोना चाहता था, इसलिए मैंने अपने कपड़े बदले और सोने चला गया.....

2

जाँच पड़ताल - 1

अगली सुबह जब मैं उठा तो मैंने मामले पर फिर से शोध करना शुरू किया। दस्तावेजों को पढ़ते हुए मैंने पढ़ा कि परिवार का एक और सदस्य था जो यू.एस.ए. में रहता था। वह खबर पाकर अपने घर आ गया। पहले तो मुझे लगा कि वह हत्यारा हो सकता है लेकिन यह कैसे संभव हो सकता है, वह उस शहर में नहीं था, शहर ही नहीं वह देश में नहीं था। यह कैसे हो सकता है। मैं और आगे बढ़ गया। उस शहर में कुछ रिश्तेदार भी थे। मैंने अब हत्याओं का चार्ट तैयार किया। सारी फाइलें पढ़कर मैं उस शहर जाने के लिए तैयार हो गया। मेरी टीम का आना अभी बाकी था। एक दिन में मैंने सारी फाइलें पढ़ लीं। मेरे कुछ सदस्य आ चुके थे और कुछ रास्ते में थे।

मुझे 3 दिन बिताने थे।मैंने अपने 3 दिन बिताए और अब मेरी टीम आ गई थी और हम तैयार थे, उस जगह जाओ जहां यह हुआ था। हम अपने ऑफिस से निकले

और हमारी मंजिल मेघालय में थी। रास्ते में जब हम जा रहे थे तो हमें एक गाँव दिखाई दिया। हम पहले ही बहुत यात्रा कर चुके थे, हम वहीं रुक गए। हम करीब चार बजे वहां पहुंचे। हर कोई जल्दी में था। सभी ग्रामीण वहां घर के अंदर सामान रख रहे थे। दुकान और घर बंद होते जा रहे थे। हमने कुछ लोगों से इस बारे में पूछने की कोशिश की लेकिन कोई नहीं रुका। तभी एक आदमी ने कहा कि "तुम सब यहाँ क्यों हो, क्या कारण है?" मैंने उसे उत्तर दिया "हमने बहुत यात्रा की है और हम यहाँ आराम करने के लिए रुके हैं।उसने मेरा नाम पूछा। मैंने अपने बारे में बताया। संयोग से मेरे पिता भी एक बार आए थे। उस ग्रामीण ने यह भी कहा कि मेरे पिता ने भी कहा था कि उनके परिवार का एक सदस्य भी इस गांव में आएगा।

मैं चौंक गया, मेरे पिता को कैसे पता चला कि मैं यहां एक बार आऊंगा। जब तक मैं इसके बारे में सोच सकता था, ग्रामीण मुझे अपने घर ले गए और यहां बैठने के लिए कहा। मेरे पिता भी एक जासूस थे और उन्हें 400 से अधिक मामलों को सुलझाने का अनुभव था। मुझे और मेरी टीम को पानी और खाना परोसा गया। हमें ताजा भोजन मिला जो बिना किसी रसायन के खेतों में उगाया गया था। हमें शुद्ध घी और सब्जी के साथ रोटी परोसी गई। हमने कुएं का ताजा पानी दिया था। हमने अपना खाना खत्म किया। हमने थोड़ा आराम किया और सो गए। जब हम जागे तो सुबह हो चुकी थी। हम अपनी यात्रा के लिए तैयार हुए और

निकल पड़े....

अंत में एक लंबे समय के बाद हम अपने गंतव्य पर पहुंचे, लेकिन यह अंत नहीं था। अब हमें सही पते पर जाना था और अब तक मुझे कभी भी आसानी से कोई पता नहीं मिला था, इसलिए अब मुझे उसके बारे में लोगों से पूछने का भार महसूस हो रहा था लेकिन यह मेरा काम था इसलिए मैंने विक्रम शर्मा के बारे में साइकिल से जा रहे एक आदमी से पूछा। विक्रम मारे गए 13 लोगों में से एक था। मुझे यह देखकर आश्चर्य हुआ कि उस आदमी ने तुरंत पता बता दिया। मैंने उससे पूछा कि वह उसके बारे में कैसे जानता है, क्योंकि विक्रम का घर इस इलाके से करीब 40 किमी दूर था। उस आदमी ने मुझे जवाब दिया कि विक्रम शर्मा एक बड़ा और व्यापारी था। मेघालय में उनकी कई दुकानें थीं, इस इलाके में एक है। मैंने उससे उस दुकान का पता पूछा और पता लेने के बाद हम उसके घर के लिए निकल गए...

3

जाँच पड़ताल - 2

उस घर में पहुंचने के बाद हमने पाया कि घर पूरी तरह से सील था और प्रवेश द्वार पर दो पुलिसकर्मी थे। हम उनके पास गए और चाबी मांगी, उन्होंने मना कर दिया और हमारी जानकारी मांगी। हमने सभी जरूरी औपचारिकताएं पूरी कीं और जांच के लिए घर के अंदर गए। हम बच्चे के कमरे में गए जहां बच्चे मारे गए थे। हम सब कुछ बहुत ध्यान से देखने लगे। हमने कुछ सुराग पाने के लिए कुछ गतिविधियां कीं लेकिन कुछ नहीं मिला, हमने अब पूरे कमरे में खोज की थी लेकिन कुछ भी नहीं था। जिस छत पर महिलाओं की हत्या की गई थी, उस छत की ओर बढ़ते हुए हम कुछ सुराग खोजने की कोशिश कर रहे थे लेकिन वह भी कुछ नहीं था। हम फिर वहीं रह गए लेकिन कुछ भी नहीं था।

हमने छत पर जाकर छानबीन की लेकिन जैसा कि हमें आखिरी दो जगहों पर मिला, यहां भी हमें कुछ हासिल नहीं हुआ। अब हम समझ गए थे कि कातिल कितना

होशियार था और हमसे 100 आगे सोचता था। हमने वह जगह छोड़ दी। पहले से ही रात थी और हम एक होटल में गए और हमने कुछ कमरे बुक किए। मैं अपने बिस्तर पर चला गया और मैं सोना चाहता था लेकिन मैं नहीं कर सकता मैं घर के बारे में सोच रहा था। सोचते-सोचते मेरे दिमाग में एक ख्याल आया कि मैंने हर जगह कुछ ऐसा ही देखा है। मैं बिस्तर से उठा और अपनी कार की ओर दौड़ा और घर की ओर चल पड़ा।

गाड़ी चलाते समय मैंने नहीं देखा कि मैं कितनी गति से यात्रा कर रहा हूँ। कुछ पुलिसकर्मी सड़कों पर थे, उन्हें मुझे रोकने के लिए वहां हाथ दिखाए गए लेकिन गुस्से में मैंने नहीं किया। पुलिसकर्मियों ने मेरी ओर लाठियाँ फेंकी और अपनी कार से मेरा पीछा करने लगे। जैसे ही मैंने आईने में देखा, मैं रुक गया और पुलिसकर्मी आ गए और उन्होंने मुझे डांटना शुरू कर दिया। किसी तरह मैंने उन्हें मना लिया और घर पहुंच गया.....घर में प्रवेश करने के बाद, मैं बच्चे के कमरे में गया और मैंने कुछ उठाया जो मैंने तीन जगहों पर देखा और यह गतिविधि मैंने अन्य दो जगहों पर की। फिर मैं एक कमरे में गया, जिसमें बेहतर रोशनी थी और मैं अपना बैग ले आया जिसमें मेरी लेब्रोटरी की कुछ चीजें थीं। जो चीज मुझे मिली वह चाक जैसी वस्तु थी।

मैं बस अपने वाहन में बैठ गया और अपने कार्यालय की ओर यात्रा की। यह एक लंबी यात्रा थी, लेकिन मैं गुस्से में था और मैं इस मामले को जल्द से जल्द

सुलझाना चाहता था। जब मैं सुबह गाड़ी चला रहा था तो मुझे एक कॉल आया। यह मेरी टीम के सदस्य का फोन था। वे मेरे बारे में पूछ रहे थे। मैंने उन्हें पिछली रात के बारे में सब कुछ बताया। मैंने उन्हें सभी जगहों की फिर से जांच करने और पड़ोसियों से पूछने के लिए कहा। उन्होंने मेरे आदेश का पालन किया और वही किया। मैं भी अपनी यात्रा पूरी करने वाला था। यह कानपुर से लगभग 4 किमी दूर था (मेरा कार्यालय कानपुर, उत्तर प्रदेश में था)। मेरे पास फिर से मामले को लेकर फोन आया। मैं उनसे बात कर रहा था, तभी मैंने देखा कि मेरे सामने एक पेड़ था। मेरा एक्सीडेंट हो गया.....

4

डिप्रेशन का शिकार - 1

आंख खुली तो मैंने खुद को अस्पताल में पाया। मैंने डॉक्टर से पूछा कि मैं यहाँ कैसे पहुँचा, डॉक्टर ने मुझे जवाब दिया कि मैं दुर्घटना के बाद बहुत घायल हो गया था और मैं इसके बाद बेहोश हो गया था। मुझे एम्बुलेंस से अस्पताल लाया गया। एम्बुलेंस उस रास्ते से गुजर रही थी, इसलिए वह मुझे अस्पताल लाने में कामयाब रही। हमें आपके बटुए में एक नंबर मिला और हमने आपकी जासूसी एजेंसी में कॉल किया था। वे यहां आए थे, लेकिन एक खबर सुनते ही वे चले गए। क्या खबर है, मैंने पूछा। उसने मुझे कुछ नहीं जवाब दिया? फिर उससे पूछा कि मुझे यहाँ कितना समय हो गया है? फिर उसने मुझे कुछ नहीं जवाब दिया। मैं बिस्तर से उठ खड़ा हुआ और उसे ज़ोर कहा, फिर उसने मुझे जवाब दिया कि मैं यहाँ सात महीने से कोमा में था। मैं चौंक गया।

मैं जितनी जल्दी हो सके उस जगह को छोड़ना चाहता था, ii फिर से अपनी एजेंसी में शामिल होना चाहता था और उस रहस्यमय मामले को सुलझाना चाहता था। मैं दरवाजे की ओर बढ़ा, लेकिन डॉक्टर ने मुझे उस समय नहीं जाने के लिए कहा। कारण था 'मैं दुर्घटना के बाद कमजोर हो गया था इसलिए मुझे तब तक अस्पताल नहीं छोड़ना चाहिए जब तक कि मैं ठीक नहीं हो जाता। लेकिन जैसा कि मैंने पहले लिखा था, मैं फिर से गुस्से में था और मैंने दरवाजा खोलने के लिए अपना हाथ बढ़ाया, लेकिन मेरे साथ जो हुआ, वह मेरे लिए और भी बुरा था। जैसे ही मैंने अपना हाथ आगे बढ़ाया मुझे लगा कि मैं अपने दाहिने हाथ की उंगलियों को नहीं हिला पा रहा हूं। मैंने अब एक बड़ी चौंकाने वाली खबर सुनी कि मेरी दाहिनी कलाई खो गई थी। मेरी कलाई बुरी तरह क्षतिग्रस्त हो गई थी और इसे ठीक नहीं किया जा सकता था जैसा कि डॉक्टर ने मुझसे कहा था।

मेरा दिमाग बिल्कुल खाली था और मैं कुछ सोच भी नहीं पा रहा था तभी मुझे कहा गया कि मेरी रिपोर्ट नॉर्मल है और शाम को मुझे डिस्चार्ज कर दिया जाएगा। डॉक्टर भी चले गए। मैं कमरे में अकेला था। मेरी कलाई मेरी शक्ति थी। इसके बिना मैं कुछ नहीं लिख सकता। मैं इसके बिना जाँच-पड़ताल नहीं कर सकता और मैं सोच रहा था कि मैं इसके बिना कुछ भी नहीं हूँ। मुझे शाम को छुट्टी दे दी गई। मैंने रिक्शा लिया और घर चला गया। मैंने देखा कि मेरा मकान मालिक मेरा सारा सामान बाहर फेंक रहा है। मैं उसके पास गया कारण

पूछा...

5

डिप्रेशन का शिकार - 2

उसने मुझे गुस्से में जवाब दिया कि वह 7 महीने से अपने नंबर पर चेतावनी और कॉल कर रहा था लेकिन उसने मुझसे कॉल बैक नहीं किया। मैंने उसे सब कुछ बताया लेकिन उसने ज्यादा परवाह नहीं की और उसने अपना काम किया। मुझे मेरे घर से निकाल दिया गया। मैं एक ऐसे व्यक्ति के पास गया जिसे मैं जानता था और उससे एक कमरे के लिए कहा। उन्होंने कहा कि घर को लेकर उनका कोई संपर्क नहीं है। मैं कुछ और गया, लेकिन किसी ने मेरी मदद नहीं की। अंत में मैं रिक्शा चालक सुनील के पास गया और उसे सारी बात बताई। उसने मुझसे कहा कि वह मुझे एक कमरा उपलब्ध कराएगा। मैं अपना सारा सामान लेकर वहां गया। मैं जिस स्थिति में था, उससे मैं बहुत दुखी था.....

मैं अब दुर्घटना के बारे में बहुत दोषी महसूस कर रहा था। मैं गति और उस कॉल के बारे में महसूस कर रहा था जिसे मैं गाड़ी चलाते समय देख रहा था। इससे मुझे हमेशा इस बात का पछतावा होता था कि मेरे साथ अतीत में क्या हुआ और मैं इससे उबर नहीं पाया, आगे क्या होता है कि मैं अब अवसाद का शिकार हो गया था। मैं अब कहीं नहीं जाना चाहता था लेकिन बस एक कमरे में बैठना चाहता था। मैं हमेशा अपने कमरे में रहने लगा। रिक्शा चालक किराना मेरे घर ले आया। मैंने उसे कुछ पैसे अतिरिक्त दिए ताकि वह यह काम न छोड़े।

उसने सिर्फ किराना बाहर रखा और मैं उन्हें ले गया। मैं अपना कमरा नहीं छोड़ना चाहता था। मेरी एजेंसी ने मुझे सेवानिवृत्त कर दिया था और मैंने अपना पैसा घर पर ही वसूल कर लिया था। मेरा एक सपना था कि रिटायर होने के बाद मैं अपना जीवन शांति से बिताऊंगा लेकिन क्या हुआ था मैं समझा नहीं सकता। मुझे अपना आखिरी मामला हमेशा याद रहता है। मुझे वह सुराग मिल गया था जिससे मैं असली हत्यारे को ढूंढ सकता था लेकिन....मेरी आशा अब मरने लगी थी। करीब 4 महीने बीत चुके थे। मुझे कुछ नहीं करना था। जब भी मैं अपने दाहिने हाथ से कुछ करना चाहता था लेकिन मुझे वह घटना और यह हमेशा याद रहती थी। मैं अब पूरी तरह टूट चुका था।

6

डिप्रेशन का शिकार - 3

एक बार सुनील मेरे घर पर किराने का सामान नहीं लाया। मैं बाहर गया लेकिन उनका कुछ नहीं था। मुझे बहुत भूख लगी थी और घर में खाने को कुछ नहीं था। वैसे भी मैंने 2 दिन बिना भोजन के बिताए लेकिन अब यह सहन नहीं हो रहा था और मैं कुछ पैसे लेकर बाहर चला गया। मुझे बाहर जाने के लिए बहुत अधिक आत्मविश्वास से जुड़ना पड़ा और मैंने यही किया। एक किराने की दुकान पर गया और पूछा कि क्या चाहिए। मैंने अब उसे पैसे दिए और फिर चला गया। चलते समय मैंने छोटी बच्ची को देखा जिसके पैर नहीं थे लेकिन फिर भी वह सड़क पर कलम बेच रही थी। वह चल नहीं पा रही थी लेकिन किसी तरह वह जमीन पर रेंग रही थी। ऐसे व्यक्ति को देखकर मैं सचमुच स्तब्ध रह गया। मैं उसके पास गया और उससे कहा कि मैं उसे कुछ पैसे दूंगा, लेकिन उसने विनम्रता से मना कर दिया और कहा कि वह भिखारी नहीं है। वह काम करेगी और

फिर अपनी आजीविका कमाएगी। इतने बड़े बच्चे को देखकर मैं सचमुच चकित रह गया। मैं चला गया और मैंने एक व्यक्ति को उससे कुछ पेन खरीदने के लिए कहा और उसे कुछ पैसे दिए। वह उन सब को ले आया और मुझे सब कलमें दीं।

मैं उन्हें लेकर वहां से चला गया। अगले दिन फिर सुनील नहीं आया। मुझे फिर से बाजार जाना पड़ा। अब, यह नियमित था। मैं फिर से बाहर जाने लगा था। लेकिन, उतना नहीं जितना मैंने पहले किया था। मुझे लगता है कि 14 मार्च को मैंने सुनील के घर जाने और उसके व्यवहार के लिए डांटने का फैसला किया। मैंने रिक्शा लिया और उनके घर चला गया। वहाँ मैं उसकी माँ से मिला, मैंने उससे सुनील के बारे में पूछा। तब मैंने कुछ सुना जो मेरे लिए फिर से चौंकाने वाला था। उसने मुझे जवाब दिया कि सुनील की एक दुर्घटना में मृत्यु हो गई थी। एक ट्रक ने उसे टक्कर मार दी थी।

जब वह मेरा किराना घर ला रहा था। मुझे उसके लिए बहुत दुख हुआ। उसने रोना शुरू कर दिया। उसने यह भी कहा कि उसे जानबूझकर मारा गयाऔर जिस बात ने मुझे सबसे ज्यादा चौंका दिया वह यह थी कि हत्यारा विक्रम शर्मा से संबंधित था, मैंने वह जगह छोड़ दी और फिर मैंने हत्यारे का पता लगाने के बारे में सोचा। मैं घर गया। मेरा मन हमेशा कह रहा था कि मैं अपने कमरे में रहता हूं लेकिन मुझे भी उसकी मां के बारे में सोचा जा रहा था। अंत में मेरे दिमाग ने फैसला किया कि मैं हत्यारे को ढूंढ लूंगा...

7

जाँच पड़ताल - 3

मैं फिर से अपने कार्यालय गया और अपने बॉस से कहा कि मुझे फिर से एक जासूस के रूप में रखें और मुझे अपना 100वां मामला सुलझाने दें। लेकिन उन्होंने यह कहते हुए मना कर दिया कि एजेंसी विकलांग लोगों को कर्मचारी नहीं रखती है। यह सुनकर मैं उदास हो गया, लेकिन मैंने उम्मीद नहीं खोई। मैंने किराए पर एक कार ली और मेघालय गया जहाँ मुख्य समस्या शुरू हुई थी और जो समस्या की जड़ थी। जाते समय मैं उस जगह पर गया जहाँ मेरा एक्सीडेंट हुआ था और मैंने चाक टाइप ऑब्जेक्ट के सुराग का पता लगाने की कोशिश की। मैंने अपनी कार भी देखी जो पूरी तरह से नष्ट हो गई थी। उम्मीद है कि मुझे वह मिल गया जो मैं खोजने की कोशिश कर रहा था। मैंने उन्हें डिब्बे में रखा था जो इस तरह से तैयार किया गया था कि यह टूटेगा नहीं।

मैं इसे लेकर कानपुर में अपने दोस्त के पास गया, जिसकी एक प्रयोगशाला थी और मैंने उसे वस्तु पर शोध करने के लिए कहा और मैंने वह जगह छोड़ दी। मैं मेघालय पहुंचा और घर चला गया। मेरे मन में ख्याल आया कि क्या हुआ अगर हत्यारा विक्रम शर्मा के कार्यकर्ता में से कोई हो,तो मुझे जितनी जल्दी हो सके उसकी दुकान पर पहुंच जाना चाहिए। मैंने कार की स्पीड बढ़ा दी लेकिन अपने एक्सीडेंट को याद करके मैं 60 के नीचे आ गया।

फिर मेघालय पहुंचकर मैंने सभी से केस पूछा। मेरे पास एक महान समय सीमा थी और मैं हत्यारे को समझ सकता था। जब मैं 34 दुकानों में गया, तो मुझे कोई हत्यारा नहीं मिला, लेकिन जब मैं 35वीं दुकान पर गया तो मैंने देखा कि वह बंद था और वहां कोई नहीं था। मैं समझ गया कि वह केवल हत्यारा था। मैंने उसके बारे में खोजा और मुझे पता चला कि उसका नाम प्रमोद था और वह हत्या के एक दिन बाद मेघालय छोड़ गया था और वह गया, बिहार के एक स्थान से था। मैं वहां उसे पकड़ने गया था। वहाँ पहुँचने पर मैंने पाया कि वह यहाँ हत्या के कारण आया था। वह पुलिस मामले में शामिल नहीं होना चाहता था। मैं हत्यारे को सूंघ सकता हूं इसलिए मैंने उसे छोड़ दिया। मैं समझ गया कि दुकानदार हत्यारे नहीं थे।

8

जाँच पड़ताल - 4

इतना प्रयास करने के बाद मैं अपने मित्र की प्रयोगशाला में गया और वस्तु की रिपोर्ट के बारे में पूछा। उसने मुझे जवाब दिया कि यह एक ऐसी वस्तु है जिसका इस्तेमाल सेकंड में हजारों लोगों को मारने के लिए किया जा सकता है। उसने मुझे एक ऐसा नाम बताया जिसे मैं भूल गया हूं, लेकिन यह बहुत जहरीला था। यह किसी को भी मार सकता है लेकिन शरीर में कोई सबूत नहीं होगा कि यह व्यक्ति इसी वस्तु से मारा गया था। मैंने रिपोर्ट पढ़ी और अपनी कार में गया और मैंने फिर से मेघालय की ओर अपना रास्ता बना लिया और वहां पहुंचने पर, मैंने घर में सब कुछ दोबारा जांच लिया। . मैंने हर चीज को बहुत ध्यान से खोजा और एक डेस्क के नीचे खोजने पर मुझे एक फोन मिला। मैंने फोन ऑन किया लेकिन वह डिस्चार्ज हो गया। मैंने इसे चार्ज किया और फिर इसे चार्ज करने के बाद मैंने कॉल हिस्ट्री देखी। इसे हटा दिया गया था।

मैंने इसे अपने बैग में रखा ताकि मुझे घर पर रिकॉर्ड मिल सके। मैं फिर सीसीटीवी रूम में गया। वहां मैंने देखा कि सिस्टम में लॉक सिस्टम था। मुझे फुटेज देखने के लिए पासकोड डालना था। मैंने पासकोड क्रैक किया।इतना प्रयास करने के बाद मैं अपने मित्र की प्रयोगशाला में गया और वस्तु की रिपोर्ट के बारे में पूछा। उसने मुझे जवाब दिया कि यह एक ऐसी वस्तु है जिसका इस्तेमाल सेकंड में हजारों लोगों को मारने के लिए किया जा सकता है। उसने मुझे एक ऐसा नाम बताया जिसे मैं भूल गया हूं, लेकिन यह बहुत जहरीला था। यह किसी को भी मार सकता है लेकिन शरीर में कोई सबूत नहीं होगा कि यह व्यक्ति इसी वस्तु से मारा गया था। मैंने रिपोर्ट पढ़ी और अपनी कार में गया और मैंने फिर से मेघालय की ओर अपना रास्ता बना लिया और वहां पहुंचने पर, मैंने घर में सब कुछ दोबारा जांच लिया।

मैंने हर चीज को बहुत ध्यान से खोजा और एक डेस्क के नीचे खोजने पर मुझे एक फोन मिला। मैंने फोन ऑन किया लेकिन वह डिस्चार्ज हो गया। मैंने इसे चार्ज किया और फिर इसे चार्ज करने के बाद मैंने कॉल हिस्ट्री देखी। इसे हटा दिया गया था। मैंने इसे अपने बैग में रखा ताकि मुझे घर पर रिकॉर्ड मिल सके। मैं फिर सीसीटीवी रूम में गया। वहां मैंने देखा कि सिस्टम में लॉक सिस्टम था। मुझे फुटेज देखने के लिए पासकोड डालना था। मैंने पासकोड क्रैक किया...

9

जाँच पड़ताल - 5

कोड को क्रैक करने के बाद, मैंने पाया कि कुछ फुटेज डिलीट हो गए हैं। दुर्भाग्य से हत्यारे ने सभी क्लिप हटा दिए थे। हल करने में मेरे लिए कुछ भी सहायक नहीं था। मैं अपने कमरे में बैठ गया और उस समय जितना हो सके मामले के बारे में सोचने लगा। तभी मेरे मन में एक विचार आया कि हत्यारा वही होगा जो पासकोड जानता है। मैंने फिर उन तारीखों का रिकॉर्ड छापा जिन पर फुटेज की जाँच की गई थी, मैंने पाया कि हत्याओं के 4 दिनों के बाद फुटेज की जाँच की गई थी। मैं समझ गया था कि हत्यारे ने खुद फाइलों को डिलीट नहीं किया है। पासकोड को क्रैक करके किसी और ने ऐसा किया है।

मैं फिर साइबर सुरक्षा विभाग के पास गया और फिर उनसे हटाए गए फुटेज के बैकअप के लिए कहा, लेकिन यह काम नहीं किया। लोगों को मारने के लिए जिस वस्तु का इस्तेमाल किया गया था, वह केवल परिवार

के 13 सदस्यों के लिए थी और उस रसायन को मिलाने के लिए हत्यारा रसोई में जरूर जाता। इसलिए मैंने रसोइए से उस व्यक्ति के बारे में पूछा जो घर में आया था। उसने मुझसे कहा कि एक व्यक्ति रसोई में आया था। मैंने उससे उसके कपड़ों के बारे में पूछा। उसने कहा कि उसने ज्यादा ध्यान नहीं दिया लेकिन उसने काली शर्ट पहनी थी।

रसोइया ने यह भी कहा कि उस आदमी ने भी रसोइए को बाहर जाने के लिए कहा था क्योंकि कोई उसे बुला रहा था लेकिन कोई नहीं था और जैसे ही रसोइया रसोई में आया, वह आदमी व्यंजन के साथ कुछ कर रहा था और जब रसोइया ने उससे पूछा, तो उसने अपना बायाँ हाथ जला दिया गंभीर रूप से मैं समझ गया कि वह केवल हत्यारा था। मैं दौड़कर सीसीटीवी फुटेज रूम में पहुंचा और फिर मैंने पार्टी की रात का फुटेज देखा, वहाँ कई लोग काली शर्ट पहने हुए थे। मैंने पाया कि काली शर्ट में एक व्यक्ति किचन की तरफ गया और मैं समझ गया कि वह हत्यारा है। उसका चेहरा ठीक से नहीं दिख रहा था....

10

जांच का अंत

उसका चेहरा सामने से नहीं बगल से दिखाया जा रहा था। मैंने उसकी तस्वीर क्लिक की और फिर उसके चेहरे को स्केच करने की कोशिश की। मैंने पहले उसका पार्श्व चेहरा खींचा और फिर मैंने विपरीत पक्ष के लिए भी ऐसा ही किया और अंत में बस उन दो चेहरों को मिला दिया। मुझे एक चेहरा मिला और मैं उस चेहरे के बारे में जानकारी ढूँढ़ने लगा। मैं आपराधिक रिकॉर्ड में चेहरा खोजने के लिए पुलिस के पास गया लेकिन वह अपराधी नहीं था।

अब मैं दुकानदार राजेश के पास गया जो विक्रम का सबसे वफादार था। जब मैंने उसे तस्वीर दिखाई, तो उसने मुझे कुछ ऐसा जवाब दिया जिससे मेरे पैरों के नीचे की जमीन खिसक गई, उसने कहा कि यह तस्वीर गलत है, यह व्यक्ति करण है और यह विक्रम का पुत्र है, वह उसे कैसे मारेगा? मैं सबकुछ समझ गया। मैंने थाने जाकर सारी बात बताई। करण को भारत कहा

जाता था, उसने अपना अपराध स्वीकार कर लिया और उसने कुछ चौंकाने वाली बातें भी कही। उसने अपने ही परिवार को मार डाला क्योंकि उन्होंने उसे ड्रग्स का कारोबार करते रंगे हाथ पकड़ा था। उनके पिता पार्टी के बाद पुलिस को बुलाना चाहते थे, लेकिन करण ने उस केमिकल को मिला दिया और पूरे परिवार को मार डाला। उन्होंने सभी कमरों में रसायन भी रखा ताकि सभी सांस ले सकें और तुरंत मर सकें।

करण वह व्यक्ति था जिसने सुनील को मार डाला था क्योंकि वह सुनील वह व्यक्ति था जिसने करण को ड्रग्स की आपूर्ति करने में मदद की थी। उसने सिर्फ यह दिखाने के लिए रिक्शा चलाया कि वह एक साधारण व्यक्ति है लेकिन वह क्या था और करण केवल यह जानता था। सुनील को इसलिए मारा गया क्योंकि वह मुझे सब कुछ बताना चाहता था। सुनील ने हमेशा करण को कानपुर में ड्रग्स सप्लाई करने में मदद की। इसके अलावा किराना सुनील मेरे लिए ला रहा था जिसमें एक ऐसी दवा थी जो मुझे हमेशा उदास करती थी और मुझे डिमोटिवेट करती थी। उनका खाना छोड़ने के बाद मैं डिप्रेशन से बाहर आया और मामले को सुलझाने के लिए प्रेरित हुआ। आखिरकार मैंने मामला सुलझा लिया। लेकिन यह हमेशा एक रहस्य था कि मेरे पिता को कैसे पता चला कि मैं जीवन में एक बार उस गांव में आऊंगा.....

यह कहानी का अंत है, राघव ने आखिरकार मामला सुलझा लिया लेकिन एक रहस्य अभी भी नहीं सुलझा है कि उसके पिता को कैसे पता चला कि राघव एक बार गांव आएगा।

9 798887 492964

Printed by Libri Plureos GmbH in Hamburg, Germany